Amor, obsessão ou carência afetiva?

O que é um relacionamento saudável?

Editora Appris Ltda.
1.ª Edição - Copyright© 2022 da autora
Direitos de Edição Reservados à Editora Appris Ltda.

Nenhuma parte desta obra poderá ser utilizada indevidamente, sem estar de acordo com a Lei nº 9.610/98. Se incorreções forem encontradas, serão de exclusiva responsabilidade de seus organizadores. Foi realizado o Depósito Legal na Fundação Biblioteca Nacional, de acordo com as Leis n.os 10.994, de 14/12/2004, e 12.192, de 14/01/2010.

Catalogação na Fonte
Elaborado por: Josefina A. S. Guedes
Bibliotecária CRB 9/870

S586a
2022
	Silva, Janaina Aparecida da
	  Amor, obsessão ou carência afetiva? O que é um relacionamento saudável? / Janaina Aparecida da Silva. - 1. ed. - Curitiba: Appris, 2022.
	  63 p.; 21 cm. – (Coleção geral).
	
	  Inclui bibliografia.
	  ISBN 978-65-250-2232-1
	
	  1. Amor. 2. Carência emocional. 3. Transtorno obsessivo-compulsivo. I. Título. II. Série.
	
	                                                                CDD – 152.4

Livro de acordo com a normalização técnica da ABNT

Appris editora

Editora e Livraria Appris Ltda.
Av. Manoel Ribas, 2265 – Mercês
Curitiba/PR – CEP: 80810-002
Tel. (41) 3156 - 4731
www.editoraappris.com.br

Printed in Brazil
Impresso no Brasil

Amor, obsessão ou carência afetiva?

O que é um **relacionamento saudável?**

Janaina Aparecida da Silva

FICHA TÉCNICA

EDITORIAL	Augusto V. de A. Coelho
	Marli Caetano
	Sara C. de Andrade Coelho
COMITÊ EDITORIAL	Andréa Barbosa Gouveia (UFPR)
	Jacques de Lima Ferreira (UP)
	Marilda Aparecida Behrens (PUCPR)
	Ana El Achkar (UNIVERSO/RJ)
	Conrado Moreira Mendes (PUC-MG)
	Eliete Correia dos Santos (UEPB)
	Fabiano Santos (UERJ/IESP)
	Francinete Fernandes de Sousa (UEPB)
	Francisco Carlos Duarte (PUCPR)
	Francisco de Assis (Fiam-Faam, SP, Brasil)
	Juliana Reichert Assunção Tonelli (UEL)
	Maria Aparecida Barbosa (USP)
	Maria Helena Zamora (PUC-Rio)
	Maria Margarida de Andrade (Umack)
	Roque Ismael da Costa Güllich (UFFS)
	Toni Reis (UFPR)
	Valdomiro de Oliveira (UFPR)
	Valério Brusamolin (IFPR)
ASSESSORIA EDITORIAL	Cibele Bastos
REVISÃO	Josiana Aparecida de Araújo Akamine
PRODUÇÃO EDITORIAL	Romão Matheus Neto
DIAGRAMAÇÃO	Yaidiris Torres
CAPA	Eneo Lage
COMUNICAÇÃO	Carlos Eduardo Pereira
	Karla Pipolo Olegário
LIVRARIAS E EVENTOS	Estevão Misael
GERÊNCIA DE FINANÇAS	Selma Maria Fernandes do Valle

Ao meu Deus, por ser meu melhor amigo nos momentos mais difíceis de minha vida: ser meu guia; Pai Celestial; ensinar que, com amor e humildade, a vitória é certa; que a caridade é o dom que traz amigos, vitórias, alegrias, paciência, fé e, mesmo que venham as provas no tempo determinado, tudo dará certo. No entanto, tudo tem seu tempo, tempo de crescer, tempo de morrer, tempo de plantar, tempo de colher, tempo de esperar o tempo, tempo de guerra e tempo de paz. Se esperar com fé no tempo de Deus, a vitória chegará.

À minha mãe, Ester Jorge, que sempre acreditou em meus sonhos e projetos, apoiando-me, ajudando-me em coisas simples desde tarefas de minha casa a tarefas de minha empresa de alta complexidade, pela paciência, força, garra, por me apoiar e ser minha ajudadora quando eu mais precisei, além de sempre estar ao meu lado.

Aos meus irmãos, Rodrigo, Ricardo e Renan, por sempre me compreenderem e me ajudarem quando precisei.

Ao meu marido, Rodrigo Silva, por acreditar em meus projetos, ajudar administrar nossa empresa, compreender meus horários de estudo e dedicação à minha profissão, por ser companheiro em todos os momentos em que eu preciso, por me fazer sorrir quando eu quero chorar e me ajudar a viver a vida com mais leveza.

Ao meu filho e irmão, Renan Jorge, por ajudar corrigindo meu livro, fornecendo opinião, acreditando em meus sonhos, sendo meu companheiro em todos os momentos de minha vida, por me amar de maneira incondicional.

Aos meus colaboradores do consultório, em especial, à Mônica e à Giane, que conhecem minha trajetória e me apoiam, ajudam com opiniões, orações e força.

À tia Ivone, por sempre torcer por mim e acreditar em meus sonhos.

Aos familiares e amigos.

Aos pacientes do meu consultório, que contribuíram para a realização deste grande projeto.

AGRADECIMENTOS

À minha mãe, Ester Jorge, que sempre acreditou em todos meus sonhos, apoiou-me nos momentos mais difíceis de minha carreira, na qual pensei em desistir por imaginar que poderia não aguentar a pressão e todas as situações que estavam por vir, e por me ajudar nas retificações necessárias do meu livro.

Aos meus irmãos, Rodrigo, Ricardo e Renan, pela paciência, amor, carinho para compreender toda minha correria e por me ajudarem sempre que preciso em todos os momentos.

Ao meu marido, Rodrigo Silva, por me apoiar, compreender minha profissão e meus horários. Por sempre compreender o motivo de meu esforço, meus estudos de madrugada, por me dar forças quando precisei e por me ajudar na elaboração do meu livro.

Ao Renan Jorge, por passar horas me ajudando na elaboração do meu livro, lendo, corrigindo, apresentando suas sugestões, amando-me de maneira incondicional e ajudando-me nos momentos mais difíceis de minha vida.

Às minhas colaboradoras Mônica e Giane, por sempre me ajudarem e me apoiarem em todos os projetos.

À Tia Ivone, amiga da família que sempre me fortaleceu com palavras otimistas em momentos difíceis.

A todos os familiares, que sempre acreditaram e torceram por minha vitória.

A todos os professores maravilhosos que conheci e que me ajudaram nos momentos mais difíceis de minha vida, em especial, à professora psicóloga doutora Walquiria (*in memoriam*), que foi uma grande professora no meu primeiro ano da faculdade de Psicologia. Com ela aprendi o que é realmente o amor pela profissão e como ser uma psicóloga de excelência. No entanto, ser psicólogo vai muito além das técnicas: a percepção, o carinho e o amor verdadeiro fazem toda a diferença, não só do profissional psicólogo, mas também de todos os profissionais que amam sua profissão, que a exercem com carinho e todo amor verdadeiro.

À professora Cláudia, que descobriu que eu não tinha dificuldade de aprendizagem, mas sim insegurança, depressão e ansiedade, fatores que atrapalhavam o meu desempenho, fazendo com que eu amasse mais ainda minha profissão.

A todos meus pacientes, que me apoiam e torcem pelo meu consultório, com sugestões, críticas e opiniões construtivas para o melhor desempenho de minha empresa e de colaboradores.

Passei por muitos traumas emocionais,

Dificuldades financeiras,

Preconceito por classe socioeconômica,

Dificuldade de aprendizagem,

Mas aprendi a ter fé e nunca desistir,

Mesmo que esteja machucada e que ache que não vou aguentar

Vou tentar mesmo que seja me rastejando

Mesmo que seja chorando

Mesmo que seja com frio ou fome

Mesmo que esteja toda machucada

Aprendi que a vitória chega sim se eu não desistir

Aprendi que não é o mais inteligente que vencerá, mas sim o mais persistente

Aprendi que nada na vida é fácil, mas que no final a vitória chegará

Posso chorar, mas tentarei quantas vezes forem necessárias

Aprendi que a dor traz diversos ensinamentos

Aprendi que a maneira de ver a vida faz com os problemas diminuam

Aprendi que a maneira de falar faz toda diferença

Aprendi que o dinheiro não compra amor, saúde e amizades verdadeiras

Aprendi que o amor sempre vence

Aprendi que o mundo da volta e que precisamos de todos sempre

Aprendi a ser feliz na simplicidade e que as pessoas mais simples são as que mais podem ensinar

Aprendi a ter personalidade própria, nas roupas, jeito de ser, maneira de falar

Aprendi a reconhecer que só venceria se tivesse uma equipe, no entanto, a união faz a força

Aprendi a lutar, lutar e lutar, pois o vencedor nunca para de lutar

Aprendi a estudar mesmo no caos, mesmo chorando, mesmo com dores

Aprendi a ser forte mesmo quando estava fraca

Aprendi a guardar o que é de bom no coração e de ruim escrever no vento

SUMÁRIO

| 1
O QUE É A CARÊNCIA AFETIVA 12
  1.1 Como surge a carência afetiva?...................................15
  1.2 Como a carência afetiva pode prejudicar o indivíduo
em suas decisões...21
  1.3 A carência em busca de um refúgio 25
  1.4 Como saber que sou carente afetivo............................26
  1.5 Como posso me prejudicar sendo carente
afetivamente 28
  1.6 A carência emocional tem cura? 30
  1.7 Traços de personalidade de uma pessoa carente
afetivamente 31

| 2
O QUE É A OBSESSÃO 34
  2.1 Como a obsessão pode matar 38
  2.2 Como identificar um familiar obsessivo 40
  2.3 Como identificar um amigo obsessivo.........................42
  2.4 Como identificar a obsessão em meu relacionamento...43
  2.5 Por que a pessoa se torna obsessiva? 45
  2.6 A obsessão tem cura..45
  2.7 Traços de personalidade de uma pessoa obsessiva.........46

| 3
O QUE É UM RELACIONAMENTO SAUDÁVEL 48
  3.1 Como viver relacionamentos saudáveis 50
  3.2 Como ser feliz?...55
  3.3 O que é amor?..56

1 O QUE É A CARÊNCIA AFETIVA

1

A carência afetiva pode ser definida como a dor no âmago das profundezas do coração de ter perdido algo, e é uma dor como se fosse um nó na garganta, uma pressão no peito, um desespero que não tem fim, uma tristeza eterna, falta de ânimo, não querer acordar, não querer sair do quarto, não querer comer, não querer ver pessoas, apenas querer se isolar, por sentir-se diferente, menosprezado, não entender por que todos têm o que almejam, por que todos conquistam a felicidade, é sentir-se infeliz todos os dias, as horas, os minutos e os segundos (como se o tempo tivesse parado), sentir que as pessoas não o compreendem na forma de falar, expressar, sentir os sentimentos, sentir-se rejeitado, usado por todos como se fosse um objeto quando alguém precisa pegá-lo para utilizar, como se fosse lembrando apenas nos momentos em que as pessoas precisam de algo para fazer, sendo uma tarefa ou precisam de dinheiro, como se vivesse em um mundo que tem todos e ao mesmo tempo não tem ninguém, gritar internamente e ninguém escutar, pedir socorro no olhar, na forma de agir e ninguém perceber, nas dores do corpo, no olhar profundo de tanto chorar, no sorriso sem graça, no falar que está tudo bem quando está tudo péssimo.

Querer ter algo que nunca se teve, no entanto, é fantasiado que se perdeu em algum lugar. O que foi perdido? Se nunca se teve?

1

Ou nunca foi encontrado? Ou sempre esteve perdido? Nem a pessoa que passa por essa fase de carência poderá responder, irá racionalizar com milhares de porquês. Contudo, não tem o porquê. A dor da impotência de ter tudo e não ter nada ao mesmo tempo.

Carência é a dor emocional de querer o afeto que nunca se teve. É ter todos e não ter ninguém, é o sentir-se frágil, uma dor que aperta o peito, que falta o ar, desespero e medo. A dor de perder o que nunca se teve? Mas sempre foi fantasiado que se teve? A dor é aterrorizante, acordar a noite e sentir-se solitário como se tivesse um vazio, assim, algo precisa ser encontrado para preenchê-lo.

A carência faz a pessoa sentir dor? Sim, dói muito, deixa a pessoa desorientada na semana, na memória, atenção, função executiva, como se tivesse milhares de pessoas ao redor e o indivíduo ainda se sente sozinho, muitos podem estar por perto conversando, o corpo se encontra ouvindo, mas a mente não escuta, a pessoa está onde não quer estar, faz o que não quer fazer para seguir dogmas sociais e religiosos.

Quantos casam e têm filhos, quantos ficam solteiros, quantos seguem tudo o que os outros falam e se tornam mais infelizes, no entanto, a pessoa nem sabe o que quer ou sabe, mas não confia em si mesma para lutar por seus sonhos e objetivos.

Ela(e) pode ter todos, mas irá sentir-se sozinho(a) e sabendo que pode ser feliz, mas nunca encontrará a verdadeira felicidade. E saber que o tudo e o nada, e o nada e o tudo é compreender que dinheiro, *status*, títulos acadêmicos, bens materiais não são suficientes para diminuir a dor, no entanto, nem a própria pessoa compreende o motivo da dor.

Dor, vazio, profundezas, morte, tristeza, impotência, imagens mentais, lágrimas e isolamento social, existe um ciclo da carência afetiva, assim, no estágio de adoecimento, a pessoa precisa alimentar esse ciclo, contudo, não compreende como sair dele, mesmo querendo sair ou mudar, sozinha não conseguirá.

A dor precisa parar. A alegria chegará? Conquistas, amores, títulos acadêmicos, dinheiro e paixões, porém, a carência continuará.

Desculpas internas para sair desse ciclo, entretanto, todos os pensamentos, festas, amizades, amores não conseguem ser mais fortes que a dor da carência afetiva.

1.1 Como surge a carência afetiva?

A carência afetiva surge na infância. Temos as fases do desenvolvimento infantil que se inicia na gestação. Toda criança tem necessidades a serem supridas, necessita de afeto, de cuidados, precisa ser protegida, e sentir-se amada. Sim, muito amada, precisa sentir-se especial, forte, importante para os outros e para si mesma, inteligente, engraçada, feliz.

Vamos começar do princípio.

- A figura materna e a paterna aceitou a gestação?

1

- Como foi a notícia da chegada da criança?
- Como foi o aceite dos familiares?
- O que essa criança melhorou na vida do casal?
- Essa criança foi gerada com qual intuito?
- Unir o casamento que já estava falido?
- Segurar um homem ou o homem querer segurar sua mulher em um relacionamento?
- Diminuir o vazio da carência?
- Trazer alegria?
- Trazer união entre as pessoas?
- Salvar algo que estava morto há muito tempo?
- Quem escolheu o nome da criança?
- Por qual motivo o nome foi escolhido?
- Como foi o parto?
- Como foi o pós-parto?
- Que suporte familiar a mãe teve para ajudar-lhe na fase inicial do desenvolvimento de seu filho?
- Como foi a fase de adaptação da criança com seus familiares, figura materna e paterna?
- Como foi para os familiares o recebimento da criança?
- Quais emoções positivas a criança trouxe?

- Quais emoções negativas a criança trouxe?
- A figura materna teve depressão pós-parto?
- Quais objetivos a criança destruiu na vida do casal?
- Quais objetivos a criança construiu na vida do casal?

Pensando em tudo isso, agora vamos falar sobre o desenvolvimento infantil.

- As necessidades básicas de toda criança precisam ser supridas: seja emocional, fisiológica e afetivamente, alguns fatores afetarão toda sua vida por motivo de fantasias que ficaram no inconsciente, assim como cada ser um humano compreende o mundo de maneira diferente, independentemente se perpassou a mesma situação;
- A criança que está com fome porque o leite materno não está saciando sua fome e a figura materna não percebe ou não sente na expressão corporal, facial, choro, imaginando ser frescura e deixa a criança chorando por horas;
- A criança que fica horas com dor se retorcendo, gritando, querendo ser protegida e desejando que pare de sentir a dor em seu corpo dando sinais de suas necessidades básicas;
- A criança que quer ser abraçada;

1

- A criança que quer alguém para lhe encontrar quando está brincando de se esconder;
- A criança que quer sentir-se linda;
- Quer brincar em vez de ficar apenas em um cercadinho ou berço sem estímulos;
- A criança que quer falar das coisas que ocorrem na escola, de seus colegas de aula e sempre precisa calar-se;
- A criança tem medo de seus pais e não tem coragem de falar quando está sofrendo agressões psicológicas ou físicas, imaginando ser culpada, pelo motivo de que o agressor usa de suas fraquezas para que ela se sinta assim;
- A criança que leva presente para seus amiguinhos para tentar comprá-los imaginando que terá uma amizade para suprir a necessidade da carência;
- A criança que fantasia que precisa ser perfeita;
- A criança com dificuldade de aprendizagem, que tem vergonha de pedir ajuda, com receio de sofrer agressões ou rirem de suas limitações.

Toda criança vem ao mundo com uma carga emocional a ser suprida, no entanto, ela não pode ter a responsabilidade de resolver os problemas dos adultos, sendo eles: psicológicos, traumas, cicatrizes, traições, mentiras e desunião familiar ou conjugal. Quantos pais levam seus filhos quando vão trair e os pressionam para ficar quietos? A criança não tem emocional para ver uma traição sendo que ela ama sua mãe e seu pai. Uma criança não precisa sofrer agressões para ser educada. Com carinho, afeto, amor, disciplina e muita conversa se educa uma criança.

A criança é apenas um ser indefeso que não pediu para vir ao mundo, não se pode culpar a criança por erros do adulto, não se deve cobrar do filho o que você, como adulto, deveria ter feito. Não faça pactos querendo que a criança já cresça com a responsabilidade de lhe dar algo material, de alcançar as suas metas ou os seus sonhos. É apenas uma criança. Ou seja, como ela já pressioná-la para a autorrealização? O que é a autorrealização para você? Isso pode não ser para aquela criança que se tornará um adulto. Casa, dinheiro, profissão ou títulos acadêmicos. A responsabilidade de orientar é dos pais, mas não treine a criança para ser o que você queria ser, pois essa pressão emocional pode transformar a criança em um ser depressivo, assustado, obsessivo, metódico, medroso, perfeccionista, imaginando que a felicidade depende de algo externo, porém ela mesma descobrirá que isso é falso e nesse dia a vida perderá o sentido, sendo assim, a criança, com o devido ensinamento e autocontrole, conseguirá descobrir que a vida é feita de momentos e situações que podem trazer alegria e compreendendo que a vida é algo instável.

Entenda, todos temos o livre-arbítrio, como você adulto teve, agora, oriente e não force a criança a ser o que você não foi, os seus sonhos

1

não são os sonhos da criança que se tornará um adolescente e um adulto.

Agora, vamos pensar em pais que deixam seus filhos chorando de fome, de dor, que não olham a criança para compreender o que está ocorrendo em seu contexto social ou emocional, seja com os amigos da escola, seja no contexto familiar ou não confiando nela. Sendo assim, reprime-a em todos os momentos, não a deixando ser ela mesma, o que irá ser tornar algo que ela não é. Educação é limite, sim, é necessário, mas brutalidade com uma criança, um ser indefeso? Será que é algo necessário? Um ser que só quer ser reconhecido e amado, que ainda não compreende o que é o bem e o mau, que daria tudo para ter um carinho, um abraço, um bom dia com sorriso, escutar uma história na hora de dormir, comer o que os adultos falam que devem comer e fazer o mesmo, a questão é: você, pai ou mãe, não faz e quer que seu filho faça? Comer o que você não come? Se comporte da maneira que você não se comporta? Tenha postura na parte social se você não tem? Não fale palavrões se você mesmo fala corriqueiramente?

A tecnologia está destruindo ainda o que já estava escasso, crianças que não podem falar para não incomodar, crianças que não podem brincar para não se sujar, crianças que são proibidas de serem crianças, no entanto, só podem ser pequenos adultos.

Chegamos ao ponto em que a carência vem da falta de proteção no momento em que a pessoa mais precisa, a falta de carinho, a falta de abraço, o olhar profundo para sentir a dor que aquele ser indefeso está sentindo e ser compreendido o pedido de socorro sem precisar gritar e o falar sem precisar falar e o amor incondicional sem troca de nada e a compreensão que o afeto surge da proteção, carinho e harmonia.

Muitos podem pensar: "mas não sei o que é isso, pois eu nunca passei por isso e ainda me sinto carente!". Nesse caso, pensaremos sobre a parte da neuroquímica do cérebro, pois temos um fator genético da depressão e doenças psiquiátricas e psicológicas que podem se esconder muito bem atrás de muitas fantasias que não existiram e a pessoa criou em sua mente e fez com que começasse a existir, assim a dor será a mesma.

Nesses casos, sempre falo para os meus pacientes que sem a psicoterapia e os psicofármacos não terão como parar uma dor emocional ocasionada por fatores neuroquímicos do cérebro e distorções de situações e pensamentos.

1.2 Como a carência afetiva pode prejudicar o indivíduo em suas decisões

Quando a pessoa tem uma distorção da realidade, ela pode agir por impulso emocional, sem analisar as consequências as quais poderá vir a sofrer com suas decisões.

Para ficar mais claro, a pessoa, quando sente uma alegria muito forte para pedir as contas do serviço imaginando que esse era seu maior

1

problema e agora sim será feliz, a pessoa compra algo sem condições imaginando que será suprida e feliz, a pessoa se relaciona imaginando que será feliz e agora aquele buraco que estava aberto será fechado, aquela dor da falta de algo que será preenchida, dor da impotência de querer ser perfeita em um mundo imperfeito, que terá um melhor controle emocional, portanto, fez a escolha certa?! No entanto, o que é certo e o que é errado? A escolha foi feita por um mundo de fantasia ou pelo mundo real? Pelo impulso emocional? Por um pacto infantil de algo que era obrigatório a ser realizado? Para demonstrar ao universo que a autorrealização chegou? Será que as pessoas estão preocupadas com a sua autorrealização? Será que as pessoas não estão cuidando da vida delas e você está imaginando que todos ficam lhe observando? Será que imagina que as amizades e o reconhecimento social irão chegar após sua vitória?

Sua autorrealização incomodará a muitos que não conseguiram chegar à autorrealização. Você não será feliz por questões externas e sim internas que serão emoções positivas e momentos que irão perpassar. Não precisará provar nada para ninguém, você não precisa de autoafirmação em todos os momentos. Você sabe o que é a autoafirmação? Autoafirmação é sempre algo do externo, em que qualquer pessoa fale que você este bem-vestido(a), está certo(a), é o(a) melhor, mais inteligente, mais lindo(a), mais agradável. Você é um adulto, e adultos não ficam se autoafirmando, só se for alguém que quer algo de você, seja financeiro ou emocional, então, mude esses pensamentos.

Quando a razão volta, o indivíduo consegue compreender que aquela não foi a melhor decisão, entretanto, agora, para resolver tudo, precisa passar por um processo que irá doer e irá se juntar com sua dor emocional do presente, do passado e do futuro. Existência, fazendo com que ela tenha uma baixa autoestima e imagine que mais uma vez errou por ser frágil, errou por ser fraco e o ciclo da carência se inicia novamente.

A felicidade não será suprida por fatores externos, mas sim internos. Seu coração é o seu cérebro. Explicando melhor, para uma pessoa carente afetivamente, ela age pela emoção, sendo que o que sente fará com que ela faça escolhas conforme a maneira a qual enxerga o mundo e os obstáculos, ela poderá se tornar um ser mais resiliente ou mais frágil que se entrega ou desiste de tudo, fantasia que todos são melhores e que nunca conseguirá chegar ao êxito, dependendo dos resultados, se agiu pela emoção e começar tudo a dar errado não irá conseguir observar que agiu de forma precipitada ou de maneira emocional, mas irá racionalizar que nasceu para sofrer, para servir e que todos são melhores, que a tristeza é algo que precisará aceitar, que nunca foi amado(a) e nunca será independente de seus atos e suas conquistas, emprestando dinheiro a todos (mesmo que não receba de volta), ajudando a todos, doando-se de maneira incondicional, doando seu dinheiro, seu tempo, sua cognição, mesmo que ainda imagine

1

que não faz nada além de sua obrigação. Não se valorizando, se punindo, não aceitando que possa descansar, errar, que possa não ser o que a sociedade quer que seja.

Consequências de relacionamentos falidos, projetos que ficam até a metade, autoafirmação externa constante para sentir-se seguro de si mesmo tendo, assim, baixa autoestima, insegurança, medo, doenças psicossomáticas, doenças psicológicas e até doenças psiquiátricas.

Sendo assim, se a emoção fala em primeiro lugar, pode ter certeza que independente de sua emoção: alegria, tristeza, raiva, ódio e amor, você decidirá errado, por não conseguir enxergar todas as variáveis de sua decisão. Exemplo: quando se joga uma pedra na água, teremos ondas, após o movimento da pedra jogada na água, não tem como voltar atrás, apenas lidar com as consequências de sua atitude.

A pessoa se tornará insegura ao ponto que, em decisões simples, ela não conseguirá resolver sozinha, exemplos: que roupa usar em uma festa; que restaurante escolher; que profissão almeja; que cor gosta; o que lhe faz feliz. Afinal, nem a felicidade a pessoa sabe o que é. Ou será que sabe? Ou será que aprendeu errado? Estará sempre pedindo a opinião de familiares e amigos mesmo que não concorde, pois acaba aceitando por não ter opinião própria. O que é certo e errado? O que gosta, o que não gosta? Quem é? O que sabe de si e o que não sabe? O que tem medo de ficar sabendo?

O paciente, nesse ponto, chega ao consultório sem identidade própria, sem saber o que gosta, desde coisas mais simples até as de alta complexidade, não sabe nem como começar a mudar, sente um vazio existencial, e aqui entra a terapia, com o passo a passo: mudanças gradativas das coisas mínimas às maiores, sempre após conhecer o histórico de vida do paciente, sua personalidade após a avaliação psicológica e sua cognição e áreas encefálicas funcionais e disfuncionais, até pelo motivo que isso influencia na medicação e no manejo do tratamento psicológico e psiquiátrico, se for necessário, claro.

1.3 A carência em busca de um refúgio

Como se refugiar dentro de si mesmo? Pois o ser humano sempre irá encontrar ganchos emocionais (palavras, cheiro, música, roupas, cores e qualquer coisa que faça com que a pessoa relembre seus traumas emocionais). Como racionalizar tudo isso e viver de forma leve? A resposta é até que se resolva o trauma, não adianta racionalizar ou se esquivar porque precisará enfrentar o trauma com a ajuda de um profissional da área da saúde mental. Não pense que o profissional da área da saúde mental só trabalha com pacientes de alta gravidade, mas sim com qualquer pessoa que está com a vida parada, que sente que tem potencial, mas não consegue ir para frente nem voltar para trás, pessoas que sentem que tem tudo, mas não tem nada. Existem técnicas para atender pacientes com traumas emocionais e que não conseguem sair desse ciclo.

Sendo assim, o refúgio de uma pessoa carente será dentro de outra pessoa, com aquela historinha de que está em busca da cara-metade, seja em um relacionamento, amizade ou emprego, o que vale será o reconhecimento, o desejo de ser amado, o desejo de não sentir a dor da existência do vazio.

Será resolvido o problema? Não será apenas sublimado como um mecanismo de defesa, fazendo a pessoa viver de uma maneira que não adoeça de imediato, mas sim terá o adoecimento psicológico, psicossomático, além da homeostase que irá ficar totalmente desequilibrada, podendo surgir o adoecimento de forma lenta e sutil.

Pessoas carentes são voláteis, sentem medo da opinião alheia, têm baixa autoestima e, por fim, só querem em algum momento sentir-se importantes e amadas.

Amor, essa é a palavra que as pessoas carentes almejam sentir, querem ser plenamente amadas, importantes, que escutem suas dores, querem sentir confiança, descobrir o amor verdadeiro, estão à procura de amor por nunca terem se sentido amadas com plenitude.

1.4 Como saber que sou carente afetivo

Hummm!!

Este capítulo deve interessar a muitos. Vamos descrever uma pessoa carente afetivamente:

- Primeiro, você compreende como foi o seu nascimento?
- Como o seu nome foi escolhido?
- Lembra dos momentos que precisou de ajuda e foi acolhido e protegido?
- Quando almejou apenas um abraço e teve esse abraço?
- Quando acreditaram em você?
- Quando conseguiram compreender você em um olhar?
- Quando necessitou de proteção e foi protegido?
- Você consegue lidar com a frustração?
- Consegue ser resiliente em momentos de crise financeira, emocional ou familiar?
- Consegue ficar bem com você satisfazendo seus próprios desejos externos e internos?
- Você precisa da opinião alheia e ela influencia em suas decisões?
- Muda de roupa porque a outra pessoa falou que você ficou estranho com a roupa?
- Para de falar porque falaram que sua voz é feia?
- Falaram que você incomoda e que seria melhor ficar mais quieto?

A carência faz você agradar o mundo e desagradar você! Terá dificuldade para falar não! Terá medo de ser rejeitado! Terá medo de tomar qualquer decisão importante.

Preocupa-se com a opinião alheia. Irá almejar ser aceito mesmo que aquele grupo social ou parceiro não queira você, sentirá que não sobreviverá sem aquela pessoa.

Fará de tudo para segurar um relacionamento falido, terá dificuldade com qualquer tipo de rompimento de relacionamento ou serviço, ou término de algo, até mesmo de algo acadêmico, enfim, terá dificuldade com mudanças. Mesmo que estude muito, a dor da incapacidade irá fazer seu cérebro lhe autossabotar, sendo assim, terá branco em provas importantes, irá errar coisas que estudou muito e que sabia a resposta, alimentando o ciclo do adoecimento e da carência afetiva.

1.5 Como posso me prejudicar sendo carente afetivamente

Quando a pessoa é carente afetivamente, ela deseja a todo custo ser amada, ser reconhecida, ser aceita socialmente, então, falando de maneira menos técnica, a pessoa se torna inconveniente falando algo em momentos não propícios, querendo chamar atenção, comprar amizades, demonstrando *status* imaginando que assim terá amigos, pessoas que o amam pelo que tem. Agora, chegamos em uma parte muito legal, hoje em dia, vale o que se tem, muitos são respeitados por ter diplomas, casas, carros, fazer festas, até que essa pessoa fica doente ou quando precisa realmente de ajuda e todos se afastam, ela estará propícia ao surgimento de um quadro depressivo quando o real, a fantasia, a emoção e a razão se juntam e ela compreende que não somos o que temos, mas somos o que nos tornamos.

Dinheiro não compra amizades verdadeiras, não compra amor, não compra a paz, então, com esse choque de realidade, podemos começar a pensar em doenças genéticas e psicológicas que estavam para se desenvolver e pelo nível de estressores começam a aparecer até a pessoa aceitar que tem algum problema que precisa ser resolvido e que perdeu o controle de sua própria vida, não sabe quem é, qual é sua verdadeira identidade, o que gosta de comer, qual é sua cor preferida, quais são seus hobbies, como se decidir sozinha, como fazer para ser amada sem comprar ninguém e como falar não.

O difícil é o que muitos acham que ocorreu algo na semana, no mês ou ano que está perpassando e esse é o motivo do adoecimento, não conseguem assimilar que o adoecimento vem de fatores existenciais.

Fazendo que realizasse escolhas erradas, como já mencionado, após jogar a pedra na água, esta se movimenta e nunca mais será a mesma, tudo se modifica, tudo se transforma, tudo trará consequências negativas ou positivas após uma decisão, até uma não decisão é uma decisão.

1.6 A carência emocional tem cura?

Sim, tem cura, e precisa de psicoterapia. Agora explicaremos o que realmente é a psicoterapia, pois muitos acham que é apenas falar de seus problemas para o psicólogo e pronto, acabou!?

Vou explicar o que é a psicoterapia: é uma área científica que estuda o comportamento humano desde quando ocorreu a gestação, nascimento, infância, adolescência, fase adulta. Serão utilizadas técnicas para conseguir diminuir as distorções negativas, pois, mudando o pensamento, muda-se o comportamento, extinguindo-se pensamentos disfuncionais, temos ferramentas como avaliação de personalidade por meio de técnicas e métodos científicos.

Será elaborado um plano terapêutico para o paciente, pois cada caso é único, por esse motivo, o profissional precisará compreender o histórico de vida do paciente, precisará ser compreendido se não tem uma causa fisiológica que poderá estar afetando o humor e a personalidade do paciente.

Se for percebida uma disfunção neuroquímica no cérebro, o paciente precisará consultar-se com o psiquiatra para ser medicado, nesse momento muitos perguntam se ficaram dopados, ou viciados, e a resposta é: depende do caso, do tempo com a medicação, se o caso é crônico, mas toda medicação psiquiátrica age de forma diferente no organismo do paciente e ele precisará prestar atenção para os sinais e sintomas. Sem o uso da medicação, resolve? Se for uma disfunção neuroquímica no encéfalo, a maneira que são liberados os neurotransmissores pelos neurônios estiver desregulada, somente com a medicação se resolve. Uma vida saudável ajudará? Sim, se forem mudados alguns hábitos na alimentação, viver uma vida com mais leveza na parte dos pensamentos disfuncionais, com a ajuda da psicoterapia, e realizar exercícios físicos.

1.7 Traços de personalidade de uma pessoa carente afetivamente

Uma pessoa carente afetivamente tem traços de personalidade que podem ser destacados como:

- Baixa autoestima;
- Dificuldade de falar não;
- Querer sempre ser aprovado pelas pessoas;
- Dificuldade para lidar com a rejeição;
- Dificuldade para lidar com críticas;
- Dificuldade para decidir sua vida, sempre solicitando a opinião de muitas pessoas e escolhendo algo que depois se arrepende;
- Sente-se que não tem personalidade própria;

1

- Não sabe quais são seus hobbies ou não tem;
- Não sabe onde quer chegar na vida;
- Sempre está mudando de trabalho;
- Prefere receber pouco por comodismo ou medo de achar que não tem capacidade para receber mais em seus honorários, por achar que irá errar ou será imperfeito, prefere se autossabotar por pensar que pode ser derrotado;
- Dificuldade de concluir o que começou, pois prefere largar algo do que imaginar que não conseguirá;
- Sensibilidade emocional;
- Chorar com facilidade;
- Dores no corpo;
- Ansiedade social;
- Pegajoso;
- Não tem sensibilidade social quando está sendo inconveniente;
- Mente para agradar os outros;
- Faz coisas que não faria se estivesse sozinho, sendo que, faz apenas para pertencer ao grupo social;
- Traços de impulsividade;
- Não gosta de ficar sozinha;
- Não sai sozinha;
- Não sabe fazer nada sozinha e sempre precisa de alguém para lhe ajudar a exercer atividades básicas;

- Não aprende sozinha por precisar de autoafirmação para saber se compreendeu realmente a informação;
- Insegura;

2 O QUE É A OBSESSÃO

2

Vamos falar sobre um tema que está em alta — a "obsessão". O que é a tal da obsessão? Obsessão é uma doença, muitos acham que é amor, mas não é. Tem uma grande diferença. Obsessão é algo incontrolável que mesmo que você esteja se machucando não consegue sair desse ciclo corriqueiro, mesmo que gere seu adoecimento (no entanto, a pessoa não percebe conscientemente o que está ocorrendo, vive de fantasias), ainda que esteja lhe matando, almeja a situação, um dependente afetivo pode se tornar um obsessivo e querer algo a todo custo, porque aquela pessoa deu o mínimo de afeto para o obsessivo e esse mínimo já é o suficiente, o importante é ser cuidado e sentir que é amado mesmo que seja forçado. O obsessivo força seu parceiro a falar que o ama e solicita a todo ao momento provas de amor, assim, a pessoa se torna possessiva e controladora, quer saber aonde o parceiro vai, com quem vai e o porquê, sua ansiedade faz com que ele não consiga racionalizar direito, saindo a qualquer momento do lugar que está, e imagina que está ocorrendo algo com seu cônjuge, distorce situações, arruma brigas e termina com amizades, pede a conta de seu trabalho para ter mais tempo ao lado de seu parceiro(a).

O obsessivo almeja ficar sozinho com a pessoa amada em todas as situações, coloca defeito em tudo e em todos, prefere ficar trancado em

2

casa com receio de alguém olhar, encostar ou imaginar que pode perder a pessoa que imagina que o ama. Ele sufoca, quer saber o motivo da mudança de perfume, o motivo do sorriso, da mudança de roupa, da alegria repentina, da pessoa ficar quieta e da pessoa cantar uma música.

Tem momentos de explosões, pede desculpa, diz que vai mudar, mas não muda, chegando ao ponto de agredir seu cônjuge, quebrando coisas e começa a viver 24 horas pensando no cônjuge, no que está ele fazendo, quer saber sobre o que ele está pensando, com quem deve estar conversando, motivo de suas fotos serem curtidas em suas redes sociais.

A obsessão precisa de tratamento psicológico e psiquiátrico, pois é uma doença que faz mal para o obsessivo e pode destruir muitas pessoas que passam na vida dessa pessoa.

Algo que falo nas terapias para meus pacientes: o cristal, após rachado, nunca mais será o mesmo, no entanto, mesmo colando, ficará a marca da cola da rachadura e mesmo tentando lapidar, a marca permanecerá.

Desculpas não resolvem, apenas amenizam um coração que já foi muito machucado e que não será o mesmo. Não mate o coração de ninguém, o trauma ficará para sempre, se você tem dúvida que tem alguma doença, procure tratamento, pois pode ser que nunca mais tenha volta, a pessoa poderá ficar com você, mas pode ter certeza de que não será a mesma como antes.

A obsessão não ocorre só em relacionamento conjugal, pode ocorrer em relacionamento entre pais, filhos, amigos e parentes.

O obsessivo se apaixona por alguém que lhe oferece afeto e carinho, pois a paixão de proteger é tanta que o obsessivo manipula, fantasia situações e arruma conflitos.

Agora, muitos me perguntam na terapia: "a pessoa sabe o que está fazendo?" A resposta é: quando a pessoa não sabe que tem uma doença, como culpá-la por algo que não sabe que tem? Mas após compreender e não querer se tratar, aí sim falo que ela tem consciência e não quer tratamento, assim sendo, independentemente da doença psiquiátrica, se a pessoa não quer tratamento, não tem o que ser feito.

- Muitos acham normal e sempre utilizam as frases:
- O corpo dela é minha propriedade;
- Ela é minha para todo sempre, faço tudo por ela;
- Faço tudo por ela e ela sabe disso;
- Sou o único que a amo, até amigos e familiares a abandonaram;
- Aceito ela mesmo sendo frágil, incapaz e com vários problemas emocionais;
- Ninguém da família a ama, somente eu;
- Nem nossos filhos a amam;
- Ninguém a respeita;
- Preciso sempre estar por perto para protegê-la;

2

Que fique claro, ninguém quer ninguém que mande em você, você manda em seu corpo, na comida que você come, na roupa que quer usar, em seu cabelo, em suas amizades, em suas decisões, nos seus sonhos e suas escolhas, onde dois são dois, cada um terá um objetivo e no meio do caminho poderá ser que se encontre, mas não force ou não aperte a flor que está em suas mãos, pois as pétalas serão desfeitas em seus dedos e não terá volta.

2.1 Como a obsessão pode matar

A obsessão, como já mencionado, é uma doença, pessoas rejeitadas, menosprezadas e carentes podem se tornar obsessivas.

Por qual motivo a obsessão pode matar? Pense em algo que você ganhou de presente da pessoa que você mais ama. Pode ser um objeto, então, o obsessivo vê o outro como um objeto que precisará ser cuidado e protegido, sendo assim, seu cônjuge será fantasiado como um objeto valioso, algo que não poderá ser perdido, ninguém poderá colocar a mão, ninguém poderá usar, portanto, vai desgastar se alguém usar, ninguém pode levar, pois pode ser que não devolva, somente o dono poderá brincar ou usar, fazer o que quiser.

Na doença obsessão, o outro perde a identidade, e será visto como um objeto e nada mais, para ser usado e escondido, e se alguém quiser roubar, será preferível quebrar o objeto.

Se você está em um relacionamento com uma pessoa obsessiva, não imagine que ela vai melhorar sem tratamento, poderá ficar bem alguns dias, depois, voltará tudo a ser da mesma maneira, ela ou ele não consegue controlar-se sozinho, precisa de tratamento, para se conhecer e conseguir se controlar, precisa compreender que está doente, desculpas serão um hábito, choro corriqueiro, mas não há mudança nenhuma se não tiver um acompanhamento psicológico e psiquiátrico.

Se ame e se dê o devido valor, a técnica básica do obsessivo é o enfraquecimento. Como assim, o enfraquecimento? O enfraquecimento psicológico de seu parceiro é demonstrado ao fazer seu cônjuge se sentir frágil, indeciso, até o ponto em que a pessoa fique doente mentalmente, acreditando que ninguém nunca o amará, torna-se uma pessoa inconveniente, que ninguém, nem a família o ama por ser assim. Tem bastante dificuldade para aprender, que seria possível viver sozinho e cuidar de si próprio com independência afetiva, econômica, que precisa sempre ser cuidado; que não tem aparência física, inteligência e força para sobreviver, ainda continua estranho independente da roupa que utiliza; que seus amigos não prestam, são todos falsos e mentirosos e que apenas ele(a) não o abandonará. Então, precisa fazer de tudo para obedecer e seguir as regras, como nunca sair sozinha, que se sua família e amigas(os) não o(a) amam, então, precisará obedecer tudo o que ele solicitar pelo motivo de que ele é o único que o(a) ama. No entanto, só seu parceiro

2

consegue tolerar tantas coisas e sofrer tanto aguentando algo que ninguém suportaria, sendo que a verdade é que o obsessivo que isolou a pessoa e por tantas brigas em eventos sociais, os amigos e familiares têm receio de convidar, assim, começam a isolar o casal, acreditando que estão felizes, portanto, na frente de todos isso é o que será demonstrado, — o amor verdadeiro. Mas, na verdade, os dois vivem em um ambiente tóxico, com agressões verbais e físicas, muitas das vezes, abuso sexual, choros, gritos e objetos quebrados.

2.2 Como identificar um familiar obsessivo

Um familiar obsessivo é algo de alta complexidade para ser identificado, entretanto, na maioria das vezes, são familiares de primeiro grau, como pai, mãe, irmãos, avôs, tios e tias.

- São pessoas que dão a impressão que estão cuidando;
- Protegendo;
- Apresentam preocupação em excesso;
- Controle exacerbado;
- Ligações fora do contexto;
- Como sentir contentamento quando a parte dominada está adoecida por ter o prazer de cuidar e sentir-se mais forte e conseguir comprovar para a outra parte que ela necessita de seus cuidados;

- Ciúmes de qualquer pessoa que demonstre muita atenção com a parte dominada;
- Agrado em demasia;
- Dificuldade para chamar atenção mesmo que a parte dominada esteja errada;
- Distorção da realidade sempre protegendo a parte dominada;
- O parente obsessivo não percebe quando está passando do controle, realizando atos como abrir correspondência, controle em excesso;
- A obsessão no contexto familiar é a projeção de alguma pessoa amada ou da pessoa que ela queria ser;

A fantasia do obsessivo faz com que ele não consiga enxergar nem compreender realmente suas atitudes, os mecanismos de defesa são vários, como:

- Distorção da realidade;
- Proteção em excesso;
- Medo de não saber detalhes da vida do familiar que protege;
- Medo dessa pessoa se distanciar;
- Agressividade verbal ou comportamental caso perceba que está perdendo a pessoa para outra;
- Invasão de privacidade, abrindo cartas, verificando roupas, querendo compreender detalhes de todos os acontecimentos e mudanças.

2 2.3 Como identificar um amigo obsessivo

Pense em situações corriqueiras de sua infância, adolescência e fase adulta. Em algumas dessas fases você conheceu alguém que queria controlar seus amigos, além de controlar você também? Que criticava os outros colegas do grupo sempre tentando demonstrar a você e sempre tentando conspirar contra você? Seguem características de amigo obsessivo:

- Controlador, não aceita que você tenha outro melhor amigo;
- Quer saber onde comprou determinada roupa;
- Arruma críticas corriqueiras sobre seu jeito de ser;
- Não aceita você sendo mais atencioso com outra pessoa;
- Demonstra que é mais inteligente;
- Demonstra que você tem diversas fraquezas;
- No entanto, apesar de você ser assim, ainda irá gostar de você e não irá lhe abandonar;
- Demonstra preocupação em excesso;
- Quer tomar decisões por você.

O amigo obsessivo começa a ser inconveniente em suas atitudes, apresenta brincadeiras tóxicas sobre sua aparência e seu jeito de ser e sempre enfraquece você para que, assim, você imagine que necessita dele e que não teria um amigo tão fiel como ele.

Faz tudo que você quer comer, lembra você do horário de seu remédio, sabe detalhes de sua vida que ninguém sabe, demonstra que lhe aceita com todas as suas fraquezas e erros, sendo assim, você sentirá que o obsessivo é necessário em sua vida, mas será um ciclo vicioso e doentio.

2.4 Como identificar a obsessão em meu relacionamento

Um relacionamento com uma pessoa obsessiva é algo muito difícil de ser identificado, pois somente após anos uma das partes consegue perceber. Vamos listar a seguir as características do obsessor em relacionamentos:

- Confere celular, ligações e mensagens;
- Pessoas que fazem qualquer coisa mesmo correndo perigo pelo seu parceiro;
- Querem senha de redes sociais;
- Querem senha do e-mail;
- Querem compreender o motivo da escolha da roupa;
- Querem saber o que o parceiro comeu durante o dia;
- Querem saber com quem falou durante o dia, motivo e tempo;
- Por que conversou com outras pessoas;
- Por que se atrasou para chegar em casa;

2

- Cheiram roupas como se fosse um fetiche;
- Observa se o cônjuge tem marcas no corpo;
- Abrem correspondência;
- Isolam-se socialmente e isola seu cônjuge;
- Arruma defeito em todas as pessoas;
- Mostra para o cônjuge vários defeitos que ele tem;
- Controla amizades;
- Briga por coisas simples, como ligações recebidas de familiares e amigos;
- Não aceita que seu cônjuge saia sozinho;
- Sempre está desconfiado de tudo e todos;
- Odeia receber visitas em casa;
- Prefere ficar em casa do que sair, para que ninguém olhe para seu parceiro ou parceira;
- Arruma brigas com facilidade;
- Carente afetivamente;
- Vários relacionamentos fracassados;
- Usa da religião para mostrar que é uma pessoa do bem;
- As agressões verbais com o tempo aumentam;
- As agressões físicas ficam recorrentes.

2.5 Por que a pessoa se torna obsessiva?

Varia de caso para caso, mas, geralmente, nós da área da saúde atendemos grande parte de pessoas que se tornaram obsessivas por apresentar traços de carência afetiva, violência na infância, relacionamentos abusivos e abuso sexual infantil.

Pessoas que passaram por traumas emocionais ou fantasiam que não são amadas, têm baixa autoestima, e quando encontram em sua vida uma pessoa atenciosa, amigável, alegre, protetora, carinhosa — esses traços são algo que chamam atenção de homens ou mulheres obsessivas —, querem apenas ser amados, mas não têm controle do amor que se torna doença ao ponto de a pessoa fazer de tudo pela outra, lavar, passar, dar todo seu dinheiro, porém, em troca, quer que o cônjuge siga suas regras.

Obsessivos não sabem amar, então, quando se apaixonam, perdem completamente a razão, podendo perder tudo, até mesmo tirando a vida de seu companheiro por ciúmes ou medo de perder para sempre a pessoa amada.

2.6 A obsessão tem cura

Falaremos que a obsessão tem tratamento e precisa de acompanhamento psicológico e psiquiátrico para que o profissional da área da saúde mental receite os fármacos para diminuir o nível de ansiedade ou tratar um quadro depressivo.

Na psicoterapia será realizada uma anamnese e conversa com os familiares do paciente, além de ser realizado um estudo da personalidade para compreender as características e elaborar um plano terapêutico para que o paciente possa mudar seus pensamentos disfuncionais, crenças centrais e modificar seus comportamentos, em muitos casos, o paciente apresenta um quadro de ansiedade ou depressão, por esse motivo, precisa ser medicado para controlar as áreas de seu encéfalo que estão disfuncionais.

2.7 Traços de personalidade de uma pessoa obsessiva

Uma pessoa obsessiva apresenta os traços listados a seguir:

- Controladora;
- Impulsiva, toma decisões precipitadas;
- Explosiva, distorce as situações;
- Agressiva;
- Ansiosa;
- Aparenta sempre estar com os nervos à flor da pele;
- Baixa autoestima;
- Desconfiança em excesso;
- Brigas constantes com seu cônjuge por situações criadas pelo inconsciente, sem provas concretas;
- Medo de ficar sozinho ou sozinha;

- Dissimulação social (o indivíduo até conquista o outro e demonstra ser o que não é);
- Infidelidade conjugal com receio de se apegar demais ao seu cônjuge mesmo que não perceba que já tem um grande vínculo;
- Dificuldade de se separar mesmo que esteja sobre um grande sofrimento;
- Isolamento social;
- Paixão obsessiva;
- Sente-se carente afetivamente mesmo com seu cônjuge estando próximo;
- Solicitações de provas amorosas corriqueiramente;
- Forçar seu cônjuge a falar que o ama diariamente;
- Tentar mudar o comportamento do cônjuge;
- Arrumar defeitos em todos os amigos para que o cônjuge imagine que não tem ninguém como suporte para lhe ajudar;
- Brigas familiares para isolar seu cônjuge, além de demonstrar que o problema está na pessoa, mesmo que seja o obsessivo que cause as situações;
- Distorção da realidade;
- Dissimula emoções para que socialmente todos imaginem que o problema é o cônjuge e que está apenas cuidado e protegendo.

3 O QUE É UM RELACIONAMENTO SAUDÁVEL

3

Um relacionamento saudável é aquele que segue os tópicos a seguir:

- A pessoa aceita sua personalidade;
- Você não é reprimida ou reprimido pelo jeito de ser, falar, comer e se vestir;
- É um ser livre em todas as situações, como escolhas das coisas mais simples até as mais complexas, podendo escutar a opinião, mas a própria pessoa irá realizar sua escolha;
- Não precisará mudar para agradar ninguém;
- Sentirá que é livre para tomar suas decisões;
- Compreenderá que a liberdade é algo normal para um adulto;
- Irá ter compatibilidade em sonhos com seu cônjuge;
- Não precisará de autoafirmação;
- Será emocionalmente saudável;
- Poderá ter seus sonhos individuais, ao mesmo tempo terá seus sonhos em conjunto;
- Saberá onde quer chegar;
- Terá personalidade própria;
- A parte sexual será compatível;
- Em seu relacionamento terá amizade, namoro, brincadeiras e risadas;

- Passará por momentos difíceis de maneira leve, compreendendo que um relacionamento tem fases, sendo boas, ruins, com tristezas, alegrias, doenças e problemas financeiros;
- O companheirismo será algo primordial;
- Ninguém irá ultrapassar a privacidade do outro;
- Não precisará das senhas de seu cônjuge de redes sociais;
- Compreenderá que ninguém é de ninguém e que seu parceiro está com você porque almeja estar ao seu lado, não porque é forçado.
- Irá sonhar individual e duplamente;
- Terá compatibilidade de sonhos;
- A gaiola ficará aberta para o "passarinho" ir e voltar, no entanto, serão dois adultos compreendendo que ninguém é de ninguém e que a liberdade faz com que o próximo consiga tomar decisões sem pressão emocional;
- Não terá disputa entre o casal, demonstrando quem é o mais inteligente, quem tem mais dinheiro e nem quem pode ser mais.

3.1 Como viver relacionamentos saudáveis

- Saiba que a outra pessoa não é perfeita;
- Todos erram;

- Entenda seu corpo;
- Compreenda a sexualidade;
- Compreenda o que é libido sexual;
- Veja valores de seu parceiro;
- Compreenda a personalidade de seu parceiro;
- Saiba o que você aceita e o que é inaceitável para você;
- Tenha amor-próprio;
- Não cobre que o outro preencha sua carência afetiva;
- Se não estiver pronto para um relacionamento sério, primeiro cuide de sua saúde mental;
- Compreenda que a escolha foi sua e se responsabilize por ela;
- Não culpe seu cônjuge por seus traumas emocionais vividos anteriormente;
- Caso tenham religião distinta, deve haver compreensão sobre a espiritualidade do outro;
- Sonhos, objetivos e metas futuras precisam ser equiparados, como: um casal, se um quer ter uma casa própria e o outro prefere morar de aluguel, se um consegue ver apenas o status e o outro é mais simples, preferindo passar privações para conquistar seus bens materiais, deve-se entender o ponto de vista alheio. Se um gosta de estudar e o outro não compreende o sentindo dos

3

estudos e não gosta de estudar por achar bobagem ou questão de status apenas, terá que respeitar a decisão do outro, pois não temos liberdade de liderar a vida alheia, somente a nossa;

- Veja se o parceiro tem sonhos iguais a você. Exemplo: você almeja ter filhos? O parceiro também? Você almeja ter uma casa própria? E a pessoa também?

- Seus sonhos são seus ou do cônjuge?

- Alguns sonhos você consegue realizar sozinho. Exemplo: carreira profissional, estudos, *status* social e bens materiais;

- As personalidades são equiparadas? Exemplo: perceber quando o outro não está bem, ter sensibilidade para sentir a parte emocional do outro, não vê o parceiro como um objeto e sim como uma pessoa consciente e que tem emoções;

- Exemplo: muitos pacientes falam na terapia de casal: "doutora, é verdade que os opostos que se atraem?" Resposta: errado, os opostos não se atraem, o motivo é que a pessoa ansiosa não irá conseguir compreender o padrão de comportamento de uma pessoa sem ansiedade, o ansioso pensa no futuro corriqueiramente, sempre irá realizar projetos e não consegue ficar parado. Se ele se relacionar com uma pessoa incompatível, não entenderá o padrão de comportamento, pois o ansioso sempre estará executando algo até que irá se cansar porque irá ver que o outro se acomodou e em suas fantasias está se aproveitando da situação, descansando, aproveitando da parte financeira, os dois precisam trabalhar, estudar e lutar por seus objetivos em conjunto, senão a corda do elo mais fraco irá se arrebentar;

- Pessoas de religiões distintas terão brigas corriqueiras: para um o que é normal pode não ser para o outro;
- A parte sexual afeta também. Pode ser que um tenha mais libido sexual do que o outro, o que pode ser normal para um, mas não para o outro.

Nas terapias de casal, uma das perguntas mais feitas é: "doutora qual é o maior motivo de separação?" Vamos listar a seguir os principais motivos:

- Pessoas com sonhos diferentes;
- Pessoas que têm incompatibilidade sexual, em que um tem muita libido e o outro tem baixa libido;
- Pessoas que se casaram por questão financeira;
- Pessoas que se casaram por questão religiosa;
- Pressão social na qual estão envelhecendo e acham que precisam casar-se para ser feliz;
- Pessoas que imaginam que o casamento irá trazer a felicidade verdadeira;

3

- Pessoas com problemas psicológicos que têm vários sonhos, no entanto, não tem energia para buscá-lo e querem que o outro realize;

- Pessoas egocêntricas que querem que o próximo o sirva em todos os sentidos, na parte sexual, financeira e pessoal;

- Muitos homens não conseguem mais segurar uma mulher que é independente e tem medo de ficar sozinho e não encontrar a pessoa ideal;

- Tudo cansa se um dos dois se esforça em demasia e o outro faz corpo mole, finge agir, mas não faz nada;

- Quando o amor tem limites e ele pode se cansar;

- Muitos falam: o amor suporta tudo. Mas é mentira porque o amor não suporta tudo, ele é como uma plantinha, se você aperta demais, irá fazer com que ela se desfaça em suas mãos e nunca mais será a mesma;

- O empoderamento feminino está causando insegurança nos homens;

- O feminismo está fazendo com que muitos homens se sintam inseguros, como consequências de problemas de ejaculação precoce ou de não conseguir ter ereção. Aumentou muito o número de homens que se masturbam, no entanto, tudo que é em excesso torna-se uma compulsão o pênis com o tempo perde a sensibilidade, sendo assim, o homem sente apenas prazer quando se masturba, porém, poucos casais conversam sobre sexo e o que gostam, como gostam, e a intensidade que gostam por vergonha alheia. Descubra os antecedentes criminais de seu parceiro ou parceira, isso falará muito sobre o perfil para que, assim, você compreenda realmente se quer entrar nesse relacionamento;

- Pense bem antes de se aprofundar em um relacionamento, no entanto, o emocional do próximo não é algo que poderá brincar, podendo ocorrer até morte, seja da parte feminina ou masculina;

- Nem tudo que parece ser é, não seja imaturo e acredite em tudo que a pessoa relata para você.

3.2 Como ser feliz?

- Tem pessoas que são felizes sendo mães ou pais;
- Ganhando muito dinheiro;
- Tendo uma vida simples;
- Vivendo com seus familiares para o resto da vida;
- Tendo um relacionamento aberto;
- Vivendo uma vida a dois;
- Vivendo de festas e eventos;
- Vivendo religiosamente;

3

- Autorrealização é algo complexo, o que pode ser autorrealização para um, pode ser que não seja para o outro;
- Ser aceito;
- Não tomar decisões por pressão social;
- Saiba que o que é felicidade para um pode não ser para o outro.

Tenho pacientes que amam ser donas de casa, tenho outras que odeiam, tenho pacientes que culpam seus filhos e marido por pararem com a carreira e por não terem realizado seus sonhos, agora, será que a culpa é do outro ou da pessoa que obedeceu ao outro? Lembrando: um adulto manda em si mesmo, temos escolhas, e se você escolheu errado, não culpe o mundo nem o próximo por isso, se fracassou, a culpa é somente sua, assuma as consequências e tente reparar o seu erro.

3.3 O que é amor?

- Em primeiro lugar, deve-se amar para aprender amar o próximo;
- Amar é ter paciência com os defeitos alheios;
- É respeitar o seu próximo e o limite do outro, seja na parte cognitiva, social ou afetiva;
- É um conjunto de ações positivas, como cuidar, proteger e acolher;
- É saber que temos fases, sendo alegres, tristes e até mesmo nervosas;

- É aprender a ser resiliente;
- Viver sem saber o dia de amanhã;
- Fazer algo sem querer nada em troca;
- Viver com leveza;
- Você não pode decidir por seus familiares, você poderá instruir, no entanto, não poderá mandar ou comandar as decisões do próximo;
- Cada um tem seu direito de escolha;
- O que pode lhe fazer feliz pode ser que não faça o outro feliz, então, respeite o limite e as decisões de seu parceiro(a);
- Saber o limite do outro e respeitar;
- É saber falar e saber escutar;
- É ter a pessoa naquele momento e saber que ela poderá partir e você precisará respeitar essa decisão;
- Querer o bem da pessoa mesmo que para isso você tenha que abrir mão dela(e), respeitando as opiniões e escolhas;
- É saber que vivenciando um relacionamento amoroso poderá viver momentos de altos e baixos, sendo eles de alegria, tristeza, raiva, amor, afeto e outros problemas corriqueiros;
- É dar valor nos momentos mais simples e compreender que o dinheiro não compra o amor verdadeiro;
- O amor é um sentimento que pode ser conquistado com o tempo;

3

- O amor é a libertação das profundezas do âmago;
- Aceitar a vitória da pessoa amada;
- É saber que o amor não é o comodismo, que o amor vai muito além de tudo isso, sendo necessário ter companheirismo, sensibilidade de escutar o outro, cumplicidade e afeto;
- O amor é um sentimento autêntico que não se compra, se adquiri e aumenta com o tempo como se fosse uma flor desabrochando;
- O amor poderá desabrochar como uma flor, mas ele nunca morrerá, no entanto, terá ganchos psicológicos que o trará em momentos em que a pessoa não espera;
- Um amor verdadeiro pode ir embora, mas nunca será esquecido;
- O amor não existe apenas em um relacionamento amoroso, pode ser em uma profissão, fazendo com que a pessoa se dedique com empenho e todos percebam essa dedicação ao exercer a profissão, a pessoa se dedicará o máximo possível dando o seu melhor, pois é isso o que ela ama;
- O amor é paciência;
- O amor de uma mãe é tão forte que se o seu filho estiver passando algo ou alguma dificuldade ela será capaz de dar a vida por ele(a);

- O amor de amigos nunca se esquece e independente do tempo que fiquem longe, quando se reencontram, o amor tem a mesma intensidade;
- O amor é sentir-se protegido;
- O amor é cuidar para que não se acabe algo que é especial;
- Se sente triste quando uma lágrima se cai, tentando alegrar a todo custo o dia da pessoa;
- Amar é como ter um sonho e acordar pode trazer felicidade no momento, porém pode acabar simplesmente em questão de segundos ou minutos;
- Amor é desespero, alegria ou medo de perder algo ou alguém;
- Amor dói o coração;
- Amar é como se fosse um sonho com medo de acordar, o amor tem vários obstáculos que temos que enfrentar ao longo da vida;
- O amor é uma fantasia que nos machuca e é um sentimento de impotência;
- O amor se transforma em paixão, faz do inferno um paraíso e da alegria uma tristeza;
- O amor nos faz lembrar que um coração vazio dói demais, é uma sensação como se tivesse um vazio por dentro;
- Amor é fantasia, é charme, é aventura é desejo;

3

- Amor é querer mudar algo e tentar revolucionar;
- Amor é tentar mostrar que está vivo, é sentir algo que muitos querem sentir;
- Amor verdadeiro não se esquece, ele é mais forte do que qualquer paixão;
- Quando o amor vai embora, a saudade devora;
- O coração pode pedir que a pessoa esqueça, mas ela viverá na memória emocional;
- O amor faz com que deixemos de satisfazer nossas próprias vontades, para realizar as vontades de quem amamos;
- O amor dá um frio na barriga (como se fossem borboletas voando), um nó no peito, vontade de querer estar perto da pessoa amada;
- O amor é abstrato e, mesmo que se tente compreender, não será correspondido;
- No amor você quer ficar próximo, quer sentir a pessoa, ser tocada, quer ser amada e sentir-se amada;
- O amor é um sentimento que bagunça a mente, como se a parte racional não funcionasse, só a emocional;
- O amor não tem idade, porém, independentemente da idade, quando você se apaixona, sente que regrediu, sendo, assim, como um adolescente;
- O amor é aceitar a situação e se reinventar para lidar com um novo contexto;

- É um sentimento de querer sempre a pessoa ao seu lado para suprir aquele vazio e sentir-se longe do outro é algo desesperador;
- A pessoa só sabe o quanto realmente ama a outra quando perde;
- O amor faz com que a pessoa não enxergue os defeitos da outra;
- O amor não correspondido pode levar a um estágio depressivo;
- Quando amamos sempre valorizamos algo da outra pessoa, sendo um objeto, um sorriso, um olhar, um bate-papo;
- Quando se perde um grande amor para outra pessoa, dói demais;
- O amor faz com que a pessoa tenha ilusão de que a pessoa amada voltará, independentemente da situação;
- O amor mexe com o senso comum da pessoa fazendo com que ela tenha força para lidar com a pessoa amada;
- O amor supera indiferença financeira, vaidade, personalidade, pois, quando se ama, tudo se torna indiferente;
- É tanto prazer físico e psíquico que pode ser considerado como incontrolável, pode-se dizer que o emocional é mais forte que a parte racional;
- O amor é suave, pode durar por toda geração, uma família quando se ama protege uns aos outros incondicionalmente;

3

- O amor pode ser demonstrado de diversas formas, cartas, frases, olhar, gestos e a fala, o importante é demonstrar, no entanto, é uma via de mão dupla, porém; precisará voltar, os dois precisam demonstrar o amor de alguma maneira;
- O amor tem dificuldade para perder a pessoa amada para outra pessoa;
- O amor é sentir que estamos flutuando, faz com que se sinta à vontade em estar com a pessoa amada;
- O amor enche nossos desejos e esperanças, sabe aquele sentimento bobo, gostoso, prazeroso de estar do lado da pessoa amada?
- Quantos amores não são declarados por medo da rejeição?
- O amor pode ser uma dor que rasga o coração;
- O amor é querer fugir da solidão;
- Amar é algo que não se escolhe e nem se pode explicar, só sabemos que quando estamos envolvidos, começamos a mudar nossa forma de ser para agradar a pessoa, e sem perceber estamos amando e desejando;
- O amor nos pega sem nos avisar e de repente estamos nas mãos do outro;
- É um desejo de agradar sempre, e fica tão difícil de se ver sem a pessoa, é algo que nos pega de jeito e sem explicar

estamos fazendo de tudo pelo amor, mesmo não sabendo o significado;

- Deixamos de ser quem éramos, de fazer o que fazíamos para entrar no mundo da pessoa a qual estamos amando;

- Bom mesmo é quando acertamos no amor, mas não somos nós que escolhemos quem amamos, podemos amar pessoas complicadas de lidar; amar uma pessoa e sofrer por não ser correspondido e será a pior sensação no mundo, pois fazemos de tudo para agradar a pessoa, porém ela não sente o mesmo;

- O importante é não ter medo de amar e viver sempre com máxima intensidade, o legal é tentar fazer com que dê certo;

- É possível sim amar sem estar junto, tem pessoas que amamos, mas por algum motivo devemos manter longe de nós;

- Existem amores que se vêm e outros que vão, mas o ser humano sempre ama algo ou alguém, amar se entende como algo positivo, mas pode trazer consequências nem sempre boas;

Atualmente, as pessoas estão ficando cada vez mais desapegadas por influências da tecnologia, redes sociais e músicas, tirando a atenção e reduzindo o contato da pessoa que ama. O amor verdadeiro não sufoca, não machuca e não causa constrangimento porque quem ama de coração, faz o possível para que a pessoa desejada fique sempre bem emocional, cognitiva e socialmente.